Alianza Cien
pone al alcance de todos
las mejores obras de la literatura
y el pensamiento universales
en condiciones óptimas de calidad y precio
e incita al lector
al conocimiento más completo de un autor,
invitándole a aprovechar
los escasos momentos de ocio
creados por las nuevas formas de vida.

Alianza Cien
es un reto y una ambiciosa iniciativa cultural

TEXTOS COMPLETOS

GUSTAVO ADOLFO BÉCQUER

Maese Pérez, el organista

La corza blanca

Alianza Editorial

Diseño de cubierta: Ángel Uriarte

© Alianza Editorial, S. A. Madrid, 1994
Calle J. I. Luca de Tena, 15, 28027 Madrid; teléf. 741 66 00
ISBN: 84-206-4645-8
Depósito legal: M. 24.571-1994
Impreso en Impresos y Revistas, S. A.
Printed in Spain

Maese Pérez, el organista*

* Publicada en *El Contemporáneo* los días 17 y 19 de diciem-
bre de 1861.

En Sevilla, en el mismo atrio de Santa Inés, y mientras esperaba que comenzase la Misa del Gallo, oí esta tradición a una demandadera del convento.

Como era natural, después de oírla, aguardé impaciente que comenzara la ceremonia, ansioso de asistir a un prodigio.

Nada menos prodigioso, sin embargo, que el órgano de Santa Inés, ni nada más vulgar que los insulsos motetes que nos regaló su organista aquella noche.

Al salir de la Misa, no pude menos de decir a la demandadera, con aire de burla:

—¿En qué consiste que el órgano de Maese Pérez suena ahora tan mal?

—¡Toma! —me contestó la vieja—, es que éste no es el suyo.

—¿No es el suyo? ¿Pues qué ha sido de él?

—Se cayó a pedazos de puro viejo, hace una porción de años.

—¿Y el alma del organista?

—No ha vuelto a aparecer desde que colocaron el que ahora le sustituye.

Si a alguno de mis lectores se le ocurriese hacerme la misma pregunta, después de leer esta historia, ya sabe por qué no se ha continuado el milagroso portento hasta nuestros días.

I

—¿Veis ese de la capa roja y la pluma blanca en el fieltro, que parece que trae sobre su justillo todo el oro de los galeones de Indias; aquel que baja en este momento de su litera para dar la mano a esa otra señora, que después de dejar la suya, se adelanta hacia aquí, precedida de cuatro pajes con hachas? Pues ése es el marqués de Moscoso, galán de la condesa de Villapineda. Se dice que antes de poner sus ojos sobre esta dama había pedido en matrimonio a la hija de un opulento señor, mas el padre de la doncella, de quien se murmura que es un poco avaro...; pero, ¡calle!, en hablando del ruin de Roma, cátale aquí se asoma. ¿Veis aquel que viene por debajo del arco de San Felipe, a pie, embozado en una capa oscura y precedido de un solo criado con una linterna? Ahora llega frente al retablo.

¿Reparasteis, al desembozarse para saludar a la imagen, la encomienda que brilla en su pecho?

A no ser por ese noble distintivo, cualquiera le

creería un lonjista de la calle de Culebras... Pues ése es el padre en cuestión; mirad cómo la gente del pueblo le abre paso y le saluda.

Toda Sevilla le conoce por su colosal fortuna. El solo tiene más ducados de oro en sus arcas que soldados mantiene nuestro señor el rey don Felipe; y con sus galeones podría formar una escuadra suficiente a resistir a la del Gran Turco...

Mirad, mirad ese grupo de señores graves: ésos son los caballeros veinticuatros. ¡Hola, hola! También está aquí el flamencote, a quien se dice que no han echado ya el guante los señores de la cruz verde merced a su influjo con los magnates de Madrid... Éste no viene a la iglesia más que a oír música... No; pues si maese Pérez no le arranca con su órgano lágrimas como puños, bien se puede asegurar que no tiene su alma en su almario, sino friéndola en las calderas de Pedro Botero... ¡Ay, vecina! Malo..., malo...; presumo que vamos a tener jarana; yo me refugio en la iglesia, pues, por lo que veo, aquí van a andar más de sobra los cintarazos que los «Pater Nóster». Mirad, mirad; las gentes del duque de Alcalá doblan la esquina de la plaza de San Pedro, y por el callejón de las Dueñas se me figura que he columbrado a las del de Medinasidonia... ¿No os lo dije?

Ya se han visto; ya se detienen unos y otros, sin pasar de sus puestos...; los grupos se disuelven...; los ministriles, a quienes en estas ocasiones apalean amigos y enemigos, se retiran...; hasta el señor asistente, con su vara y todo, se refugia en el atrio..., y luego dicen que hay justicia.

Para los pobres...

Vamos, vamos, ya brillan los broqueles en la oscuridad... ¡Nuestro Señor del Gran Poder nos asista! Ya comienzan los golpes; ¡vecina!, ¡vecina!, aquí..., antes que cierren las puertas. Pero ¡calle! ¿Qué es eso? Aún no han comenzado, cuando lo dejan. ¿Qué resplandor es aquél? ¡Hachas encendidas! ¡Literas! Es el señor obispo.

La Virgen Santísima del Amparo, a quien invocaba ahora mismo con el pensamiento, lo trae en mi ayuda... ¡Ay! ¡Si nadie sabe lo que yo debo a esta Señora!... ¡Con cuánta usura me paga las candelillas que le enciendo los sábados!... Vedlo, qué hermosote está con sus hábitos morados y su birrete rojo... Dios le conserve en su silla tantos siglos como yo deseo de vida para mí. Si no fuera por él, media Sevilla hubiera ya ardido con estas disensiones de los duques. Vedlos, los hipocritones, cómo se acercan ambos a la litera del Prelado para besarle el anillo. Cómo le siguen y le acompañan, confundiéndose con sus familiares. Quién diría que esos dos que parecen tan amigos, si dentro de media hora se encuentran en una calle oscura..., es decir, ¡ellos!..., ellos! Líbreme Dios de creerlos cobardes; buena muestra han dado de sí, peleando en algunas ocasiones contra los enemigos de Nuestro Señor... Pero es la verdad, que si se buscaran..., y si se buscaran con ganas de encontrarse, se encontrarían, poniendo fin de una vez a estas continuas reyertas, en las cuales los que verdaderamente baten el cobre de firme son sus deudos, sus allegados y su servidumbre.

Pero vamos, vecina, vamos a la iglesia, antes que se ponga de bote en bote... que algunas noches, como ésta, suele llenarse de modo que no cabe ni un grano de trigo... Buena ganga tienen las monjas con su organista... ¿Cuándo se ha visto el convento tan favorecido como ahora?... De las otras comunidades, puedo decir que le han hecho a maese Pérez proposiciones magníficas. Verdad que nada tiene de extraño, pues hasta el señor arzobispo le ha ofrecido montes de oro por llevarle a la catedral; pero él, nada... Primero dejaría la vida que abandonar su órgano favorito... ¿No conocéis a maese Pérez? Verdad es que sois nueva en el barrio. Pues es un santo varón; pobre, sí, pero limosnero cual no otro. Sin más parientes que su hija, ni más amigos que su órgano, pasa su vida entera en velar por la inocencia de la una y componer los registros del otro... ¡Cuidado que el órgano es viejo!... Pero nada, él se da tal maña en arreglarlo y cuidarlo, que suena que es una maravilla... Como que le conoce de tal modo, que a tientas... Porque no sé si os lo he dicho, pero el pobre señor es ciego de nacimiento... ¡Y con qué paciencia lleva su desgracia!... Cuando le preguntan que cuánto daría por ver, responde: —Mucho; pero no tanto como creéis, porque tengo esperanzas. —¿Esperanzas de ver? —Sí, y muy pronto —añade sonriéndose como un ángel—; ya cuento setenta y seis años; por muy larga que sea mi vida, pronto veré a Dios...

¡Pobrecito! Y sí lo verá..., porque es humilde como las piedras de la calle, que se dejan pisar por todo el mundo... Siempre dice que no es más que un pobre organista de convento, y puede dar lecciones de solfa al mismo maestro de capilla de la Primada; como que echó los dientes en el oficio... Su padre tenía la misma profesión que él. Yo no le conocí; pero mi señora madre, que santa gloria haya, dice que le llevaba siempre al órgano consigo para darle a los fuelles. Luego, el muchacho mostró tales disposiciones, que, como era natural, a la muerte de su padre heredó el cargo. ¡Y qué manos tiene! Dios se las bendiga. Merecía que se las llevaran a la calle de Chicarreros y se las engarzasen en oro... Siempre toca bien, siempre; pero en semejante noche como ésta es un prodigio... Él tiene una gran devoción por esta ceremonia de la Misa del Gallo, y cuando levantan la Sagrada Forma al punto y hora de las doce, que es cuando vino al mundo Nuestro Señor Jesucristo..., las voces de su órgano son voces de ángeles...

En fin, ¿para qué tengo de ponderarle lo que esta noche oirá? Baste el ver cómo todo lo más florido de Sevilla, hasta el mismo señor arzobispo, viene a un humilde convento para escucharle; y no crea que sólo la gente sabida y a la que se le alcanza esto de la solfa conocen su mérito, sino que hasta el populacho. Todas esas bandadas que veis llegar con teas encendidas entonando villancicos con gritos desaforados al compás de los panderos, las sonajas y las zambombas, contra su costumbre, que es la de alborotar las iglesias, callan como muertos cuando pone maese Pérez las manos en el órgano... y cuando alzan... no se siente una mosca..., de todos los ojos caen lagrimones tamaños, y al concluir se oye como un suspiro inmenso, que no otra cosa que la respiración de los circunstantes contenida mientras dura la música... Pero vamos, vamos, ya han dejado de tocar las campanas, y va a comenzar la Misa; vamos adentro...

Para todo el mundo es esta noche Nochebuena, pero para nadie mejor que para nosotros.

Esto diciendo, la buena mujer que había servido de cicerone a su vecina atravesó el atrio del convento de Santa Inés, y codazo en éste, empujón en aquél, se internó en el templo, perdiéndose entre la muchedumbre que se agolpaba en la puerta.

II

La iglesia estaba iluminada con una profusión asombrosa. El torrente de luz que se desprendía de los altares para llenar sus ámbitos chispeaba en los ricos joyeles de las damas que, arrodillándose sobre los cojines de terciopelo que tendían los pajes y tomando el libro de oraciones de manos de las dueñas, vinieron a formar un brillante círculo alrededor de la verja del presbiterio. Junto a aquella verja, de pie, envueltos en sus capas de color galoneadas de oro, dejando entrever con estudiado descuido las encomiendas rojas y verdes, en la una mano el fieltro, cuyas plumas besaban los tapices, la otra sobre los bruñidos gavilanes del estoque o acariciando el pomo del cincelado puñal, los caballeros veinticuatros, con gran parte de lo mejor de la nobleza sevillana, parecían formar un muro, destinado a defender a sus hijas y sus esposas del contacto de la plebe. Ésta, que se agitaba en el fondo de las naves, con un rumor parecido al del mar cuando se alborota, prorrumpió en una aclamación de júbilo, acompañada del discordante sonido de las sonajas y los panderos al mirar aparecer al arzobispo, el cual, después de sentarse junto al altar mayor bajo un solio de grana que rodearon sus familiares, echó por tres veces la bendición al pueblo.

Era la hora de que comenzase la Misa.

Transcurrieron, sin embargo, algunos minutos sin que el celebrante apareciese. La multitud comenzaba a rebullirse, demostrando su impaciencia; los caballeros cambiaban entre sí algunas palabras a media voz, y el arzobispo mandó a la sacristía uno de sus familiares a inquirir por qué no comenzaba la ceremonia.

—Maese Pérez se ha puesto malo, muy malo, y

14

será imposible que asista esta noche a la Misa de medianoche.

Ésta fue la respuesta del familiar.

La noticia cundió instantáneamente entre la muchedumbre. Pintar el efecto desagradable que causó en todo el mundo sería cosa imposible; baste decir que comenzó a notarse tal bullicio en el templo, que el asistente se puso de pie y los alguaciles entraron a imponer silencio, confundiéndose entre las apiñadas olas de la multitud.

En aquel momento, un hombre mal trazado, seco, huesudo y bisojo por añadidura, se adelantó hasta el sitio que ocupaba el prelado.

—Maese Pérez está enfermo —dijo—; la ceremonia no puede empezar. Si queréis, yo tocaré el órgano en su ausencia; que ni Maese Pérez es el primer organista del mundo, ni a su muerte dejará de usarse este instrumento por falta de inteligente...

El arzobispo hizo una señal de asentimiento con la cabeza, y ya algunos de los fieles que conocían a aquel personaje extraño por un organista envidioso, enemigo del de Santa Inés, comenzaban a prorrumpir en exclamaciones de disgusto, cuando de improviso se oyó en el atrio un ruido espantoso.

—¡Maese Pérez está aquí!... ¡Maese Pérez está aquí!...

A estas voces de los que estaban apiñados en la puerta, todo el mundo volvió la cabeza.

Maese Pérez, pálido y desencajado, entraba, en

efecto, en la iglesia, conducido en un sillón, que todos se disputaban el honor de llevar en sus hombros.

Los preceptos de los doctores, las lágrimas de su hija, nada había sido bastante a detenerle en el lecho.

—No —había dicho—; ésta es la última, lo conozco, lo conozco, y no quiero morir sin visitar mi órgano, y esta noche sobre todo, la Nochebuena. Vamos, lo quiero, lo mando; vamos a la iglesia.

Sus deseos se habían cumplido; los concurrentes le subieron en brazos a la tribuna y comenzó la Misa.

En aquel punto sonaban las doce en el reloj de la catedral.

Pasó el introito, y el Evangelio, y el ofertorio, y llegó el instante solemne en que el sacerdote, después de haberla consagrado, toma con la extremidad de sus dedos la Sagrada Forma y comienza a elevarla.

Una nube de incienso que se desenvolvía en ondas azuladas llenó el ámbito de la iglesia; las campanillas repicaron con un sonido vibrante, y Maese Pérez puso sus crispadas manos sobre las teclas del órgano.

Las cien voces de sus tubos de metal resonaron en un acorde majestuoso y prolongado, que se perdió, poco a poco, como si una ráfaga de aire hubiese arrebatado sus últimos ecos.

A este primer acorde, que parecía una voz que se

elevaba desde la tierra al cielo, respondió otro lejano y suave, que fue creciendo, creciendo, hasta convertirse en un torrente de atronadora armonía.

Era la voz de los ángeles, que, atravesando los espacios, llegaba al mundo.

Después comenzaron a oírse unos himnos distantes que entonaban las jerarquías de serafines; mil himnos a la vez, que al confundirse formaban uno solo, que, no obstante, era no más el acompañamiento de una extraña melodía que parecía flotar sobre aquel océano de misteriosos ecos, como un jirón de niebla sobre las olas del mar.

Luego fueron perdiéndose unos cantos, después otros; la combinación se simplificaba. Ya no eran más que dos voces, cuyos ecos se confundían entre sí; luego quedó una aislada, sosteniendo una nota brillante como un hilo de luz... El sacerdote inclinó la frente, y por encima de su cabeza cana, y como a través de una gasa azul que fingía el humo del incienso apareció la Hostia a los ojos de los fieles. En aquel instante la nota que Maese Pérez sostenía trinando se abrió, se abrió, y una explosión de armonía gigante estremeció la iglesia, en cuyos ángulos zumbaba el aire comprimido, y cuyos vidrios de colores se estremecían en sus angostos ajimeces.

De cada una de las notas que formaban aquel magnífico acorde se desarrolló un tema; y unos cerca, otros lejos, éstos brillantes, aquéllos sordos, diríase que las aguas y los pájaros, las brisas y las frondas, los hombres y los ángeles, la tierra y los

17

cielos, cantaban cada cual en su idioma un himno al nacimiento del Salvador.

La multitud escuchaba atónita y suspendida. En todos los ojos había una lágrima, en todos los espíritus un profundo recogimiento.

El sacerdote que oficiaba sentía temblar sus manos, porque Aquél que levantaba en ellas, Aquél a quien saludaban hombres y arcángeles era su Dios; era su Dios, y le parecía haber visto abrirse los cielos y transfigurarse a Hostia.

El órgano proseguía sonando; pero sus voces se apagaban gradualmente, como una voz se pierde de eco en eco, y se aleja, y se debilita al alejarse, cuando de pronto sonó un grito en la tribuna, un grito desgarrador, agudo, un grito de mujer.

El órgano exhaló un sonido discorde y extraño, semejante a un sollozo, y quedó mudo.

La multitud se agolpó a la escalera de la tribuna, hacia la que, arrancados de su éxtasis religioso, volvieron la mirada con ansiedad todos los fieles.

—¿Qué ha sucedido? ¿Qué pasa? —se decían unos a otros, y nadie sabía responder, y todos se empeñaban en adivinarlo, y crecía la confusión, y el alboroto comenzaba a subir de punto, amenazando turbar el orden y del recogimiento propios de la iglesia.

—¿Qué ha sido eso? —preguntaban las damas al asistente, que, precedido de los ministriles, fue uno de los primeros a subir a la tribuna y que, pálido y con muestras de profundo pesar, se dirigía al puesto en donde le esperaba el arzobispo, ansioso, como todos, por saber la causa de aquel desorden.

—¿Qué hay?

—Que Maese Pérez acaba de morir.

En efecto; cuando los primeros fieles, después de atropellarse por la escalera, llegaron a la tribuna, vieron al pobre organista caído de boca sobre las teclas de su viejo instrumento, que aún vibraba sordamente, mientras su hija, arrodillada a sus pies, le llamaba en vano entre suspiros y sollozos.

III

—Buenas noches, mi señora doña Baltasara; ¿también usarced viene esta noche a la Misa del Gallo? Por mi parte, tenía hecha intención de irla a oír a la parroquia; pero lo que sucede... ¿Dónde va Vicente? Donde va la gente. Y eso que, si he de decirle la verdad, desde que murió Maese Pérez, parece que me echan una losa sobre el corazón cuando entro en Santa Inés... ¡Pobrecito! ¡Era un santo!... Yo de mí sé decir que conservo un pedazo de su jubón como una reliquia, y lo merece..., pues en Dios y en mi ánima que si el señor arzobispo tomara mano en ello, es seguro que nuestros nietos le verían en los altares... Mas ¡cómo ha de ser!... A muertos y a idos, no hay amigos... Ahora lo que priva es la novedad..., ya que entiende usarced. ¡Qué! ¿No sabe nada de lo que pasa? Verdad que nosotras nos parecemos en eso: de nuestra casita a la iglesia, y de la iglesia a nuestra casita, sin cuidarnos de lo que se dice o déjase de decir...; sólo que yo, así..., al vuelo..., una palabra de acá, otra de acullá..., sin ganas de enterarme siquiera suelo estar al corriente de algunas novedades... Pues sí, señor; parece cosa hecha que el organista de San Román, aquel bisojo, que siempre está echando pestes de los otros organistas; aquel perdulariote, que más parece jifero de la puerta de la Carne que maestro de solfa, va a tocar esta Nochebuena en lugar de Maese Pérez. Ya sabrá usarced, porque esto lo ha sabido todo el mundo y es cosa pública en Sevilla, que nadie quería comprometerse a hacerlo. Ni aun su hija, que es profesora y después de la muerte de su padre entró en el convento de novicia. Y era natural: acostumbrados a oír aquellas maravillas, cualquiera otra cosa había de parecernos mala, por más que quisieran evitarse las comparaciones. Pues cuando ya la comunidad había decidido que en honor del difunto y como muestra de respeto a su memoria, permaneciera callado el órgano en esa noche, hete aquí que se presenta nuestro hombre diciendo que él se atreve a tocarlo... No hay nada más atrevido que la ignorancia... Cierto que la culpa no es suya, sino de los que le consienten esta profanación...; pero, así va el mundo... Y digo, no es cosa la gente que acude..., cualquier diría que nada ha cambiado desde un año a otro. Los mismos personajes, el mismo lujo, los mismos empellones en la puerta, la misma animación en el atrio, la misma multitud en el templo... ¡Ay, si levantara la cabeza el muerto!, se volvía a morir por no oír su órgano tocado por manos semejantes. Lo que tiene que, si es verdad lo que me han dicho, las gentes del barrio le preparan una buena al intruso. Cuando llegue el momento de poner la mano sobre las teclas, va a comenzar una algarabía de sonajas, panderos y zambombas, que no haya más que oír... Pero, ¡calle!; ya entra en la iglesia el héroe de la función. ¡Jesús, qué ropilla de colorines, qué gorguera de cañutos, qué aires de personaje! Vamos, vamos, que ya hace rato que llegó al arzobispo y va a comenzar la misa... Vamos, que me parece que esta noche va a darnos que contar para muchos días.

Esto diciendo la buena mujer, que ya conocen nuestros lectores por sus ex abruptos de locuacidad, penetró en Santa Inés, abriéndose, según su costumbre, un camino entre la multitud a fuerza de empellones y codazos.

Ya se había dado principio a la ceremonia.

El templo estaba tan brillante como el año anterior.

El nuevo organista, después de atravesar por medio de los fieles que ocupaban las naves para ir a besar el anillo del prelado, había subido a la tribuna, donde tocaba uno tras otro los registros del órgano, con una gravedad tan afectada como ridícula.

21

Entre la gente menuda que se apiñaba a los pies de la iglesia se oía un rumor sordo y confuso, cierto presagio de que la tempestad comenzaba a fraguarse y no tardaría mucho en dejarse sentir.

—Es un truhán, que por no hacer nada bien, ni aún mira a derechas —decían los unos.

—Es un ignorantón, que después de haber puesto el órgano de su parroquia peor que una carraca viene a profanar el de Maese Pérez —decían los otros.

Y mientras éste se desembarazaba del capote para prepararse a darle de firme a su pandero, y aquél apercibía sus sonajas, y todos se disponían a hacer bulla y más y mejor, sólo alguno que otro se aventuraba a defender tibiamente al extraño personaje, cuyo porte orgulloso y pedantesco hacía tan notable contraposición con la modesta apariencia y la afable bondad del difunto Maese Pérez.

Al fin llegó el esperado momento, el momento solemne en que el sacerdote, después de inclinarse y murmurar algunas palabras santas, tomó la Hostia en sus manos... Las campanillas repicaron, semejando su repique una lluvia de notas de cristal; se elevaron las diáfanas ondas del incienso, y sonó el órgano.

Una estruendosa algarabía llenó los ámbitos de la iglesia en aquel instante y ahogó su primer acorde.

Zampoñas, gaitas, sonajas, panderos, todos los instrumentos del populacho alzaron sus discordantes voces a la vez; pero la confusión y el estrépito sólo duró algunos segundos. Todos a la vez, como habían comenzado, enmudecieron de pronto.

El segundo acorde, amplio, valiente, magnífico, se sostenía aún brotando de los tubos de metal del órgano, como una cascada de armonía inagotable y sonora.

Cantos celestes como los que acarician los oídos en los momentos de éxtasis; cantos que percibe el espíritu y no los puede repetir el labio; notas sueltas de una melodía lejana, que suenan a intervalos, traídas en las ráfagas del viento, rumor de hojas que se besan en los árboles con un murmullo semejante al de la lluvia, trinos de alondras que se levantan gorjeando de entre las flores como saeta despedida a las nubes; estruendo sin nombre, imponente como los rugidos de una tempestad; coro de serafines sin ritmos ni cadencia; ignota música del cielo que sólo la imaginación comprende; himnos alados, que parecían remontarse al trono del Señor como una tromba de luz y de sonidos..., todo lo expresaban las cien voces del órgano, con más pujanza, con más misteriosa poesía, con más fantástico color que los habían expresado nunca.

....
....

Cuando el organista bajó de la tribuna, la muchedumbre que se agolpó a la escalera fue tanta, y tanto su afán por verle y admirar, que el asistente, temiendo, no sin razón, que le ahogaran entre todos, mandó a algunos de sus ministriles para que, vara en mano, le fueran abriendo camino hasta llegar al altar mayor, donde el prelado le esperaba.

—Ya veis —le dijo este último cuando le trajeron a su presencia—; vengo desde mi palacio aquí sólo por escucharos. ¿Seréis tan cruel como Maese Pérez, que nunca quiso excusarme el viaje, tocando la Nochebuena en la Misa de la catedral?

—El año que viene —respondió el organista— prometo daros gusto, pues por todo el oro de la tierra no volvería a tocar ese órgano.

—¿Y por qué? —interrumpió el prelado.

—Porque... —añadió el organista, procurando dominar la emoción que se revelaba en la palidez de su rostro— porque es viejo y malo, y no puede expresar todo lo que se quiere.

El arzobispo se retiró, seguido de sus familiares. Unas tras otras, las literas de los señores fueron desfilando y perdiéndose en las revueltas de las calles vecinas; los grupos del atrio se disolvieron, dispersándose los fieles en distintas direcciones, y la demandadera se disponía a cerrar las puertas de la entrada del atrio cuando se divisaban aún dos mujeres que, después de persignarse y murmurar una oración ante el retablo del arco de San Felipe, prosiguieron su camino, internándose en el callejón de las Dueñas.

—¿Qué quiere usarced, mi señora doña Baltasara? —decía la una—; yo soy de este genial. Cada loco con su tema... Me lo habían de asegurar capuchinos descalzos y no lo creería del todo... Ese hombre no puede haber tocado lo que acabamos de escuchar... Si yo le he oído mil veces en San Bartolomé, que era su parroquia, y de donde tuvo que echarle el señor cura por malo, y era cosa de taparse los oídos con algodones... Y luego, si no hay más que mirarle el rostro, que, según dicen, es el espejo del alma... Yo me acuerdo, pobrecito, como si lo estuviera viendo, me acuerdo de la cara de Maese Pérez cuando en semejante noche como ésta bajaba de la tribuna después de haber suspendido al auditorio con sus primores... ¡Qué sonrisa tan bondadosa, qué color tan animado!... Era viejo y parecía un ángel... No que éste ha bajado las escaleras a trompicones, como si le ladrase un perro en la meseta, y con un color de difunto y unas... Vamos, mi señora doña Baltasara, créame usarced, y créame con todas veras...: yo sospecho que aquí hay busilis...

Comentando las últimas palabras, las dos mujeres doblaban la esquina del callejón y desaparecían.

Creemos inútil decir a nuestros lectores quién era una de ellas.

IV

Había transcurrido un año. La abadesa del convento de Santa Inés y la hija de Maese Pérez hablaban en voz baja, medio ocultas entre las sombras del coro de la iglesia. El esquilón llamaba a voz herida a los fieles desde la torre, y alguna que otra rara persona atravesaba el atrio silencioso y desierto esta vez, y después de tomar el agua bendita en la puerta, escogía un puesto en un rincón de las naves, donde unos cuantos vecinos del barrio esperaban tranquilamente que comenzara la Misa del Gallo.

—Ya lo veis —decía la superiora—, vuestro temor es sobremanera pueril; nadie hay en el templo; toda Sevilla acude en tropel a la catedral esta noche. Tocad vos el órgano, y tocadle sin desconfianza de ninguna clase; estaremos en comunidad... Pero..., proseguís callando sin que cesen vuestros suspiros. ¿Qué os pasa? ¿Qué tenéis?

—Tengo... miedo —exclamó la joven con un acento profundamente conmovido.

—¡Miedo! ¿De qué?

—No sé...; de una cosa sobrenatural... Anoche, mirad, ya os había oído decir que teníais empeño en que tocase el órgano en la Misa, y, ufana con esta distinción, pensé arreglar sus registros y templarle, a fin de que hoy os sorprendiese... Vine al coro..., sola..., abrí la puerta que conduce a la tribuna. En el reloj de la catedral sonaba en aquel momento una hora, no sé cuál...; pero las campanadas eran tristísimas y muchas..., muchas; estuvieron sonando todo el tiempo que yo permanecí como clavada en el umbral, y aquel tiempo me pareció un siglo.

«La iglesia estaba desierta y oscura... Allá lejos, en el fondo, brillaba, como una estrella perdida en el cielo de la noche, una luz moribunda, la luz de la lámpara que arde en el altar mayor... A sus reflejos debilísimos, que sólo contribuían a hacer más visible todo el profundo horror de las sombras, vi..., le vi, madre, no lo dudéis, vi un hombre que en silencio y vuelto de espaldas hacia el sitio en que yo estaba, recorría con una mano las teclas del órgano, mientras tocaba con la otra a sus registros...; y el órgano sonaba; pero sonaba de una manera indescriptible. Cada una de sus notas parecía un sollozo ahogado dentro del tubo de metal, que vibraba con el aire comprimido en su hueco y reproducía el tono sordo, casi imperceptible, pero justo.

Y el reloj de la catedral continuaba dando la hora, y el hombre aquel proseguía recorriendo las teclas. Yo oía hasta su respiración.

El horror había helado la sangre de mis venas; sentía en mi cuerpo como un frío glacial, y en mis sienes fuego... Entonces quise gritar, pero no pude. El hombre aquel había vuelto la cara y me había mirado...; digo mal... no me había mirado, porque era ciego... ¡Era mi padre!

—¡Bah!, hermana, desechad esas fantasías con que el enemigo malo procura turbar las imaginaciones débiles... Rezad un «Pater Nóster» y un «Ave María» al arcángel San Miguel, jefe de las milicias celestiales, para que os asista contra los malos espíritus. Llevad al cuello un escapulario tocado en la reliquia de San Pacomio, abogado contra las tentaciones, y marchad, marchad a ocupar la tribuna del órgano; la Misa va a comenzar y ya esperan con impaciencia los fieles... Vuestro padre está en el cielo, y desde allí, antes que daros sustos, bajará a inspirar a su hija en esta ceremonia solemne para él objeto de tan especial devoción.»

La priora fue a ocupar su sillón en el coro en medio de la comunidad. La hija de Maese Pérez abrió con mano temblorosa la puerta de la tribuna para sentarse en el banquillo del órgano y comenzó la Misa.

Comenzó la Misa, y prosiguió sin que ocurriese nada de notable hasta que llegó la consagración. En aquel momento sonó el órgano y, al mismo tiempo que el órgano, un grito de la hija de Maese Pérez...

La superiora, las monjas y algunos de los fieles corrieron a la tribuna.

—¡Miradle, miradle! —decía la joven fijando sus desencajados ojos en el banquillo, de donde se había levantado asombrada para agarrarse con sus manos convulsas al barandal de la tribuna.

Todo el mundo fijó sus miradas en aquel punto. El órgano estaba solo y, no obstante, el órgano seguía sonando..., sonando como sólo los arcángeles podrían imitarlo en sus raptos de místico alborozo.

....

—¡No os lo dije yo una y mil veces, mi señora

doña Baltasara, no os lo dije yo!... ¡Aquí hay busilis!... Oídlo; ¿qué, no estuvisteis anoche en la Misa del Gallo? Pero, en fin, ya sabréis lo que pasó. En toda Sevilla no se habla de otra cosa... El señor arzobispo está hecho, y con razón, una furia... Haber dejado de asistir a Santa Inés; no haber podido presenciar el portento... ¿Y para qué? Para oír una cencerrada; porque personas que lo oyeron dicen que lo que hizo el dichoso organista de San Bartolomé en la catedral no fue otra cosa... Si lo decía yo. Eso no puede haberlo tocado el bisojo, mentira...; aquí hay busilis; y el busilis era, en efecto, el alma de Maese Pérez.

.

La corza blanca*

* Apareció en *La América,* el 27 de junio de 1863.

En un pequeño lugar de Aragón, y allá por los años de mil trescientos y pico, vivía retirado en su torre señorial un famoso caballero llamado don Dionís, el cual, después de haber servido a su rey en la guerra contra infieles, descansaba a la sazón, entregado al alegre ejercicio de la caza, de las rudas fatigas de los combates.

Aconteció una vez a este caballero, hallándose en su favorita diversión acompañado de su hija, cuya belleza singular y extraordinaria blancura le habían granjeado el sobrenombre de la Azucena, que como se les entrase a más andar el día engolfados en perseguir a una res en el monte de su feudo, tuvo que acogerse, durante las horas de la siesta, a una cañada por donde corría un riachuelo, saltando de roca en roca con un ruido manso y agradable.

Haría cosa de unas dos horas, que don Dionís se encontraba en aquel delicioso lugar, recostado sobre la menuda grama a la sombra de una chopera, departiendo amigablemente con sus monteros sobre las peripecias del día, y refiriéndose unos a otros las aventuras más o menos curiosas que en su vida de cazadores les habían acontecido, cuando por lo alto de la más empinada ladera y a través de los alternados murmullos del viento que agitaba las hojas de los árboles, comenzó a percibirse, cada vez más cerca, el sonido de una esquililla semejante a la del guión de un rebaño.

En efecto, era así, pues a poco de haberse oído la esquililla empezaron a saltar por entre las apiñadas matas de cantueso y tomillo, y a descender a la orilla opuesta del riachuelo, hasta unos cien corderos blancos como la nieve, detrás de los cuales, con su caperuza calada para libertarse la cabeza de los perpendiculares rayos del sol, y su hatillo al hombro en la punta de un palo, apareció el zagal que los conducía.

—A propósito de aventuras extraordinarias —exclamó al verle uno de los monteros de don Dionís, dirigiéndose a su señor—: ahí tenéis a Esteban, el zagal que de un tiempo a esta parte anda más tonto que lo que naturalmente lo hizo Dios, que no es poco, y el cual puede haceros pasar un rato divertido refiriendo la causa de sus continuos sustos.

—¿Pues qué le acontece a ese pobre diablo? —inquirió don Dionís con aire de curiosidad picada.

—¡Friolera! —añadió el montero en tono de

zumba—: es el caso que, sin haber nacido en Viernes Santo, ni estar señalado con la cruz, ni hallarse en relaciones con el demonio, a lo que se puede colegir de sus hábitos de cristiano viejo, se encuentra, sin saber cómo ni por dónde, dotado de la facultad más maravillosa que ha poseído hombre alguno, a no ser Salomón, de quien se dice que sabía hasta el lenguaje de los pájaros.

—¿Y a qué se refiere esa facultad maravillosa?

—Se refiere —prosiguió el montero— a que, según él afirma, y lo jura y perjura por todo lo más sagrado del mundo, los ciervos que discurren por estos montes se han dado de ojo para no dejarle en paz, siendo lo más gracioso del caso que en más de una ocasión los ha sorprendido concertando entre sí las burlas que han de hacerle, y después que estas burlas se han llevado a término, ha oído las ruidosas carcajadas con que las celebran.

Mientras esto decía el montero, Constanza, que así se llamaba la hermosa hija de don Dionís, se había aproximado al grupo de los cazadores, y como demostrase su curiosidad por conocer la extraordinaria historia de Esteban, uno de éstos se adelantó hasta el sitio en donde el zagal daba de beber a su ganado, y le condujo a presencia de su señor, que, para disipar la turbación y el visible encogimiento del pobre mozo, se apresuró a saludarle por su nombre, acompañando el saludo con una bondadosa sonrisa.

Era Esteban un muchacho de diecinueve a veinte años, fornido, con la cabeza pequeña y hundida entre los hombros, los ojos pequeños y azules, la mirada incierta y torpe como la de los albinos, la nariz roma, los labios gruesos y entreabiertos, la frente calzada, la tez blanca, pero ennegrecida por el sol, y el cabello, que le caía parte sobre los ojos y parte alrededor de la cara, en guedejas ásperas y rojas semejantes a las crines de un rocín colorado.

Esto, sobre poco más o menos, era Esteban en cuanto al físico; respecto a su moral, podía asegurarse, sin temor de ser desmentido ni por él ni por ninguna de las personas que le conocían, que era perfectamente simple, aunque un tanto suspicaz y malicioso como buen rústico.

Una vez el zagal repuesto de su turbación, le dirigió de nuevo la palabra don Dionís, y con el tono más serio del muno, y fingiendo un extraordinario interés por conocer los detalles del suceso a que su montero se había referido, le hizo una multitud de preguntas, a las que Esteban comenzó a contestar de una manera evasiva, como deseando evitar explicaciones sobre el asunto.

Estrechado, sin embargo, por las interrogaciones de su señor y por los ruegos de Constanza que parecía la más curiosa e interesada en que el pastor refiriese sus estupendas aventuras, decidióse éste a hablar, mas no sin que antes dirigiese a su alrededor una mirada de desconfianza, como temiendo ser oído por otras personas que las allí estaban presentes, y de rascarse tres o cuatro veces la cabeza tratando de reunir sus recuerdos o hilvanar su discurso, que al fin comenzó de esta manera:

—Es el caso, señor, que según me dijo un preste de Tarazona, al que acudí no ha mucho para consultar mis dudas, con el diablo no sirven juegos, sino punto en boca, buenas y muchas oraciones a San Bartolomé, que es quien le conoce las cosquillas, y dejarle andar; que Dios, que es justo y está allá arriba, proveerá a todo.

«Firme en esta idea, había decidido no volver a decir palabra sobre el asunto a nadie, ni por nada; pero lo haré hoy por satisfacer vuestra curiosidad, y a fe, a fe que después de todo, si el diablo me lo toma en cuenta y torna a molestarme en castigo de mi indiscreción, buenos Evangelios llevo cosidos a la pelliza y con su ayuda creo que, como otras veces, no me será inútil el garrote.»

—Pero, vamos —apremió don Dionís, impaciente al escuchar las digresiones del zagal, que amenazaba no concluir nunca—, déjate de rodeos y ve derecho al asunto.

—A él voy —contestó con calma Esteban, que después de dar una gran voz acompañada de un silbido para que se agruparan los corderos, que no perdía la vista y comenzaban a desparramarse por el monte, tornó a rascarse la cabeza y prosiguió así:

—Por una parte vuestras continuas excursiones, y por otra el dale que le das de los cazadores furtivos, que ya con trampa o con ballesta no dejan res con vida en veinte jornadas al entorno, habían no hace mucho agotado la caza en estos montes, hasta el extremo de no encontrarse un venado en ellos ni por un ojo de la cara.

«Hablaba yo de esto mismo en el lugar, sentado en el porche de la iglesia, donde después de acabada la misa del domingo solía reunirme con algunos peones de los que labran la tierra de Veratón, cuando algunos de ellos me dijeron:

—Pues, hombre, no sé en qué consista el que tú no los topes, pues de nosotros podemos asegurarte que no bajamos una vez a las hazas que no nos encontremos rastro, y hace tres o cuatro días, sin ir más lejos, una manada que, a juzgar por las huellas, debía de componerse de más de veinte, le segaron antes de tiempo una pieza de trigo al santero de la Virgen del Romeral.

—¿Y hacia qué sitio seguía el rastro? —pregunté a los peones, con ánimo de ver si topaba con la tropa.

—Hacia la cañada de los cantuesos —me contestaron.

No eché en saco roto la advertencia, y aquella noche misma fui a apostarme entre los chopos. Durante toda ella estuve oyendo por acá y por allá, tan pronto lejos como cerca, el bramido de los ciervos que se llamaban unos a otros, y de cuando en cuando sentía moverse el ramaje a mis espaldas; pero por más que me hice todo ojos, la verdad es que no pude distinguir a ninguno.

No obstante, al romper el día, cuando llevé los

corderos al agua, a la orilla de este río, como obra de dos tiros de honda del sitio en que nos hallamos, y en una umbría de chopos, donde ni a la hora de siesta se desliza un rayo de sol, encontré huellas recientes de los ciervos, algunas ramas desgajadas, la corriente un poco turbia y, lo que es más particular, entre el rastro de las reses las breves huellas de unos pies pequeñitos como la mitad de la palma de mi mano, sin ponderación alguna.»

Al decir esto, el mozo, instintivamente, y al parecer buscando un punto de comparación, dirigió la vista hacia el pie de Constanza, que asomaba por debajo del brial, calzado de un precioso chapín de tafilete amarillo; pero como al par de Esteban bajasen también los ojos de don Dionís y algunos de los monteros que le rodeaban, la hermosa niña se apresuró a esconderlo, exclamando con el tono más natural del mundo:

—¡Oh, no!, por desgracia, no los tengo yo tan pequeñitos, pues de este tamaño sólo se encuentran en las hadas, cuya historia nos refieren los trovadores.

—Pues no paró aquí la cosa —continuó el zagal cuando Constanza hubo concluido—, sino que otra vez, habiéndome colocado en otro escondite por donde indudablemente habían de pasar los ciervos para dirigirse a la cañada, allá al filo de la medianoche me rindió un poco el sueño, aunque no tanto que no abriese los ojos en el mismo punto en que creí percibir que las ramas se movían a mi alrededor. Abrí los ojos, según dejo dicho; me incorporé con sumo cuidado, y poniendo atención a aquel confuso murmullo que cada vez sonaba más próximo, oí en las ráfagas del aire como gritos y cantares extraños, carcajadas y tres o cuatro voces distintas que hablaban entre sí, como un ruido y algarabía semejante al de las muchachas del lugar, cuando riendo y bromeando por el camino vuelven en bandadas de la fuente con sus cántaros a la cabeza.

Según colegía de la proximidad de las voces y del cercano chasquido de las ramas que crujían al romperse para dar paso a aquella turba de locuelas, iban a salir de la espesura a un pequeño rellano que formaba el monte en el sitio donde yo estaba oculto, cuando enteramente a mis espaldas, tan cerca o más que me encuentro de vosotros, oí una nueva voz fresca, delgada y vibrante, que dijo..., creedlo, señores, esto es tan seguro como que me he de morir..., dijo..., clara y distintamente estas propias palabras:

¡Por aquí, por aquí, compañeras,
que está ahí el bruto de Esteban!

Al llegar a este punto de la relación del zagal, los circunstantes no pudieron ya contener por más tiempo la risa que hacía largo rato les retozaba en los ojos, y dando rienda a su buen humor, prorrumpieron en una carcajada estrepitosa. De los primeros en comenzar a reír y de los últimos en dejarlo, fueron don Dionís, que a pesar de su fingida circunspección no pudo por menos que tomar parte en el regocijo, y su hija Constanza, la cual cada vez que miraba a Esteban todo suspenso y confuso, tornaba a reírse como una loca hasta el punto de saltarle las lágrimas a los ojos.

El zagal, por su parte, aunque sin atender al efecto que su narración había producido, parecía todo turbado e inquieto; y mientras los señores reían a sabor de sus inocentadas, él tornaba la vista a un lado y a otro con visibles muestras de temor y como queriendo descubrir algo a través de los cruzados troncos de los árboles.»

—¿Qué es eso, Esteban, qué te sucede? —le preguntó uno de los monteros, notando la creciente inquietud del pobre mozo, que ya fijaba sus espantadas pupilas en la hija de don Dionís, ya las volvía a su alrededor con una expresión asombrada y estúpida.

—Me sucede una cosa muy extraña —explicó Esteban—. Cuando, después de escuchar las palabras que dejo referidas, me incorporé con prontitud para sorprender a la persona que las había pronunciado, una corza blanca como la nieve salió de entre las mismas matas en donde yo estaba oculto, y dando unos saltos enormes por encima de los carrascales y los lentiscos, se alejó seguida de una tropa de corzas de su color natural, y así éstas como la blanca que las iba guiando, no arrojaban bramidos al huir, sino que se reían con unas carcajadas cuyo eco juraría que aún me está sonando en los oídos en este momento.

—¡Bah!... ¡Bah!..., Esteban —exclamó don Dionís con aire burlón—, sigue los consejos del preste de Tarazona; no hables de tus encuentros con los corzos amigos de burlas, no sea que haga el diablo que al fin pierdas el poco juicio que tienes; y pues ya estás provisto de los Evangelios y sabes las oraciones de San Bartolomé, vuélvete a tus corderos, que comienzan a desbandarse por la cañada. Si los espíritus malignos tornan a incomodarte, ya sabes el remedio *Páter nóster* y garrotazo.

El zagal, después de guardarse en el zurrón un medio pan blanco y un trozo de carne de jabalí, y en el estómago un valiente trago de vino que le dio por orden de su señor uno de los palafreneros, despidióse de don Dionís y su hija, y apenas anduvo cuatro pasos, comenzó a voltear la honda para reunir a pedradas los corderos.

Como a esta sazón notábase don Dionís que entre unas y otras las horas del calor eran pasadas y el vientecillo de la tarde comenzaba a mover las hojas de los chopos y a refrescar los campos, dio orden a su comitiva para que aderezasen las caballerías que andaban paciendo sueltas por el inmediato soto; y cuando todo estuvo a punto, hizo seña a los unos para que soltasen las traíllas, y a los otros para que tocasen las trompas, y saliendo en tropel de la chopera, prosiguió adelante la interrumpida caza.

II

Entre los monteros de don Dionís había uno llamado Garcés, hijo de un antiguo servidor de la familia, y por tanto el más querido de sus señores.

Garcés tenía poco más o menos la edad de Constanza, y desde muy niño habíase acostumbrado a prevenir el menor de sus deseos y adivinar y satisfacer el más leve de sus antojos.

Por su mano se entretenía en afilar en los ratos de ocio las agudas saetas de su ballesta de marfil; él domaba los potros que había de montar su señora; él ejercitaba en los ardides de la caza a sus lebreles favoritos y amaestraba a sus halcones, a los cuales compraba en las ferias de Castilla caperuzas rojas bordadas de oro.

Para con los otros monteros, los pajes y la gente menuda del servicio de don Dionís, la exquisita solicitud de Garcés y el aprecio con que sus señores le distinguían, habíanle valido una especie de general animadversión, y al decir de los envidiosos, en todos aquellos cuidados con que se adelantaba a prevenir los caprichos de su señora, revelábase su carácter adulador y rastrero. No faltaban, sin embargo, algunos que, más avisados o maliciosos, creyeron sorprender en la asiduidad del solícito mancebo algunas señales de mal disimulado amor.

Si en efecto era así, el oculto cariño de Garcés tenía más que sobrada disculpa en la incomparable hermosura de Constanza. Hubiérase necesitado un pecho de roca y un corazón de hielo para permanecer impasible un día y otro al lado de aquella mujer singular por su belleza y sus raros atractivos.

La «Azucena del Moncayo» llamábanla en veinte leguas a la redonda, y bien merecía este sobrenombre, porque era tan airosa, tan blanca y tan rubia, que, como a las azucenas parecía que Dios la había hecho de nieve y oro.

Y, sin embargo, entre los señores comarcanos murmurábase que la hermosa castellana de Veratón no era tan limpia de sangre como bella, y que, a pesar de sus trenzas rubias y su tez de alabastro, había tenido por madre una gitana. Lo de cierto que pudiera haber en estas murmuraciones nadie pudo nunca decirlo, porque la verdad era que don Dionís tuvo una vida bastante azarosa en su juventud, y después de combatir largo tiempo bajo la conducta del monarca aragonés, del cual recabó entre otras mercedes el feudo del Moncayo, marchóse a Palestina, en donde anduvo errante algunos años, para volver por último a encerrarse en su castillo de Veratón con una hija pequeña, nacida sin duda en aquellos países remotos. El único que hubiera podido decir algo acerca del misterioso origen de Constanza, pues acompañó a don Dionís en sus lejanas peregrinaciones, era el padre de Garcés, y éste había ya muerto hacía bastante tiempo, sin decir una sola palabra sobre el asunto ni a su propio hijo, que varias veces y con muestras de gran interés se lo había preguntado.

El carácter, tan pronto retraído y melancólico como bullicioso y alegre, de Constanza, la extraña exaltación de sus ideas, sus extravagantes caprichos, sus nunca vistas costumbres, hasta la particularidad de tener los ojos y las cejas negros como la noche, siendo blanca y rubia como el oro, habían contribuido a dar pábulo a las hablillas de sus convecinos, y aun el mismo Garcés, que tan íntimamente la trataba, había llegado a persuadirse que su señora era algo especial y no se parecía a las demás mujeres.

Presente a la relación de Esteban, como los otros monteros, Garcés fue acaso el único que oyó con verdadera curiosidad los pormenores de su increíble aventura, y si bien no pudo menos de sonreír cuando el zagal repitió las palabras de la corza blanca, desde que abandonó el soto en que habían sesteado comenzó a resolver en su mente las más absurdas imaginaciones.

«No cabe duda que todo eso de hablar las corzas es pura aprensión de Esteban, que es un completo mentecato —decía entre sí el joven montero mientras que, jinete en un poderoso alazán, seguía a su paso el palafrén de Constanza, la cual también parecía mostrarse un tanto distraída y silenciosa, y retirada del tropel de los cazadores, apenas tomaba parte en la fiesta—. Pero ¿quién dice que en lo que se refiere a ese simple no existirá algo de ver-

45

dad? —prosiguió pensando el mancebo—. Cosas más extrañas hemos visto en el mundo, y una corza blanca bien puede haberla, puesto que, si se ha de dar crédito a las cantigas del país, San Humberto, patrón de los cazadores, tenía una. ¡Oh, si yo pudiese coger viva una corza blanca para ofrecérsela a mi señora!»

Así pensando y discurriendo pasó Garcés la tarde, y cuando ya el sol comenzó a esconderse por detrás de las vecinas lomas y don Dionís mandó volver grupas a su gente para tornar al castillo, separóse sin ser notado de la comitiva y echó en busca del zagal por lo más espeso e intrincado del monte.

La noche había cerrado casi por completo cuando don Dionís llegaba a las puertas de su castillo. Acto continuo dispusiéronle una frugal colación y sentóse con su hija a la mesa.

—Y Garcés, ¿dónde está? —preguntó Constanza, notando que su montero no se encontraba allí para servirla como tenía de costumbre.

—No sabemos —se apresuraron a contestar los otros servidores—; desapareció de entre nosotros cerca de la cañada, y ésta es la hora en que todavía no le hemos visto.

En este punto llegó Garcés todo sofocado, cubierta aún de sudor la frente, pero con la cara más regocijada y satisfecha que pudiera imaginarse.

—Perdonadme, señora —rogó, dirigiéndose a Constanza—, perdonadme si he faltado un mo-

46

mento a mi obligación; pero allá de donde vengo a todo el correr de mi caballo, como aquí, sólo me ocupaba en serviros.

—¿En servirme? —repitió Constanza—; no comprendo lo que quieres decir.

—Sí, señora, en serviros —repitió en joven—, pues he averiguado que es verdad que la corza blanca existe. A más de Esteban, lo dan por seguro otros varios pastores, que juran haberla visto más de una vez, y con ayuda de los cuales espero en Dios y en mi patrón San Humberto que antes de tres días, viva o muerta, os la traeré al castillo.

—¡Bah!... ¡Bah!... —exclamó Constanza con aire de zumba, mientras hacían coro a sus palabras las risas más o menos disimuladas de los presentes—; déjate de cacerías nocturnas y de corzas blancas: mira que el diablo ha dado en la flor de tentar a los simples, y si te empeñas en andarle a los talones, va a dar que reír contigo como con el pobre Esteban.

—Señora —interrumpió Garcés con voz entrecortada y disimulando en lo posible la cólera que le producía el burlón regocijo de sus compañeros—, yo no me he visto nunca con el diablo, y, por consiguiente, no sé todavía cómo las gasta; pero conmigo os juro que todo podrá hacer menos dar que reír, porque el uso de ese privilegio sólo en vos sé tolerarlo.

Constanza conoció el efecto que su burla había producido en el enamorado joven; pero deseando apurar su paciencia hasta lo último, tornó a decir en el mismo tono:

—¿Y si al dispararle te saluda con alguna risa del género de la que oyó Esteban, o se te ríe en la nariz, y al escuchar sus sobrenaturales carcajadas se te cae la ballesta de las manos, y antes de reponerte del susto ya ha desaparecido la corza blanca más ligera que un relámpago?

—¡Oh! —exclamó Garcés—, en cuanto a eso, estad segura que como yo la topase a tiro de ballesta, aunque me hiciese más momos que un juglar, aunque me hablara, no ya en romance, sino en latín, como el abad de Munilla, no se iba sin un arpón en el cuerpo.

En este punto del diálogo terció don Dionís, y con una desesperante gravedad a través de la que se adivinaba toda la ironía de sus palabras, comenzó a darle al ya asendereado mozo los consejos más originales del mundo, para el caso de que se encontrase de manos a boca con el demonio convertido en corza blanca. A cada nueva ocurrencia de su padre, Constanza fijaba sus ojos en el atribulado Garcés y rompía a reír como una loca, en tanto que los otros servidores esforzaban las burlas con sus miradas de inteligencia y su mal encubierto gozo.

Mientras duró la colación prolongóse esta escena, en que la credulidad del joven montero fue, por decirlo así, el tema obligado del general regocijo; de modo que cuando se levantaron los paños, y don Dionís y Constanza se retiraron a sus habitaciones, y toda la gente del castillo se entregó al reposo, Garcés permaneció un largo espacio de tiempo irresoluto, dudando si, a pesar de las burlas de sus señores, proseguiría firme en sus propósitos o desistiría completamente de la empresa.

—¡Y qué diantre! —exclamó, saliendo del estado de incertidumbre en que se encontraba—: mayor mal del que me ha sucedido no puede sucederme, y si, por el contrario, es verdad lo que nos ha contado Esteban..., ¡oh!, entonces, ¡cómo he de saborear mi triunfo!

Esto diciendo, armó su ballesta, no sin haberle hecho antes la señal de la cruz en la punta de la vira, y colocándosela a la espalda se dirigió a la poterna del castillo para tomar la vereda del monte.

Cuando Garcés llegó a la cañada y al punto en que, según las instrucciones de Esteban, debía aguardar la aparición de las corzas, la luna comenzaba a remontarse con lentitud por detrás de los cercanos montes.

A fuer de buen cazador y práctico en el oficio, antes de elegir un punto a propósito para colocarse al acecho de las reses, anduvo un gran rato, de acá para allá examinando las trochas y las veredas vecinas, la disposición de los árboles, los accidentes del terreno, las curvas del río, la profundidad de sus aguas.

Por último, después de terminar este minucioso reconocimiento del lugar en que se encontraba, agazapóse en un ribazo junto a unos chopos de copas elevadas y oscuras, a cuyo pie crecían unas matas de lentisco, altas lo bastante para ocultar a un hombre echado en tierra.

El río, que desde las musgosas rocas donde tenía su nacimiento, venía siguiendo las sinuosidades del Moncayo, a entrar en la cañada por la vertiente, deslizábase desde allí bañando el pie de los sauces que sombreaban sus orillas, o jugueteando con alegre murmullo entre las piedras rodadas del monte, hasta caer en una hondura próxima al lugar que servía de escondrijo al montero.

Los álamos, cuyas plateadas hojas movía el aire con un rumor dulcísimo, los sauces que inclinados sobre la limpia corriente humedecían en ella las puntas de sus desmayadas ramas, y los apretados carrascales por cuyos troncos subían y se enredaban las madreselvas y las campanillas azules, formaban un espeso muro de follaje alrededor del remanso del río.

El viento, agitando los frondosos pabellones de verdura que derramaban en torno su flotante sombra, dejaba penetrar a intervalos un furtivo rayo de luz, que brillaba como un relámpago de plata sobre la superficie de las aguas inmóviles y profundas.

Oculto tras los matojos, con el oído externo al más leve rumor y la vista clavada en el punto en donde según sus cálculos debían aparecer las corzas, Garcés esperó inútilmente un gran espacio de tiempo.

Todo permanecía a su alrededor sumido en una profunda calma.

Poco a poco, y bien fuese que el peso de la noche, que ya había pasado de la mitad, comenzara a dejarse sentir, bien que el lejano murmullo del agua, el penetrante aroma de las flores silvestres y las caricias del viento comunicasen a sus sentidos el dulce sopor en que parecía estar impregnada la Naturaleza toda, el enamorado mozo, que hasta aquel punto había estado entretenido revolviendo en su mente las más halagüeñas imaginaciones, comenzó a sentir que sus ideas se elaboraban con más lentitud y sus pensamientos tomaban formas más leves e indecisas.

Después de mecerse un instante en ese vago espacio que media entre la vigilia y el sueño, entornó al fin los ojos, dejó escapar la ballesta de sus manos y se quedó profundamente dormido.

....

Cosa de dos horas o tres haría ya que el joven montero roncaba a pierna suelta, disfrutando a todo sabor de uno de los sueños más apacibles de su vida, cuando de repente entreabrió los ojos sobresaltado, e incorporóse a medias lleno aún de ese estupor del que se vuelve en sí de improviso después de un sueño profundo.

En las ráfagas del aire y confundido con los leves rumores de la noche, creyó percibir un extraño rumor de voces delgadas, dulces y misteriosas que hablaban entre sí, reían o cantaban cada cual por su parte y una cosa diferente, formando una algarabía tan ruidosa y confusa como la de los pájaros que despiertan al primer rayo del sol entre las frondas de una alameda.

Este extraño rumor sólo se dejó oír un instante, y después todo volvió a quedar en silencio.

—Sin duda soñaba con las majaderías que nos refirió el zagal —se dijo Garcés, restregándose los ojos con mucha calma, y en la firme persuasión de que cuanto había creído oír no era más que esa vaga huella del ensueño que queda, al despertar, en la imaginación, como queda en el oído la última cadencia de una melodía después que ha expirado temblando la última nota. Y dominado por la invencible languidez que embargaba sus miembros, iba a reclinar de nuevo la cabeza sobre el césped, cuando tornó a oír el eco distante de aquellas misteriosas voces, que acompañándose del rumor del aire, del agua y de las hojas cantaba así:

Coro

«El arquero que velaba en lo alto de la torre ha reclinado su pesada cabeza en el muro.

Al cazador furtivo que esperaba sorprender la res, lo ha sorprendido el sueño

El pastor que aguardaba el día consultando las estrellas, duerme ahora y dormirá hasta el amanecer.

Reina de las ondinas, sigue nuestros pasos.

Ven a mecerte en las ramas de los sauces sobre el haz del agua.

Ven a embriagarte con el perfume de las violetas que se abren entre las sombras.

Ven a gozar de la noche, que es el día de los espíritus.»

* * *

Mientras flotaban en el aire las suaves notas de aquella deliciosa música, Garcés se detuvo inmóvil. Después que se hubo desvanecido, con mucha precaución apartó un poco las ramas, y no sin experimentar algún sobresalto vio aparecer las corzas, que en tropel y salvando los matorrales con ligereza increíble unas veces, deteniéndose como a escuchar otras, juguetando entre sí, ya escondiéndose entre la espesura, ya saliendo nuevamente a la senda, bajaban del monte en dirección del remanso del río.

Delante de sus compañeras, más ágil, más linda, más juguetona y alegre que todas, saltando, corriendo, parándose y tornando a correr, de modo que parecía no tocar el suelo con los pies, iba la corza blanca, cuyo extraño color destacaba como una fantástica luz sobre el oscuro fondo de los árboles.

Aunque el joven se sentía dispuesto a ver en cuanto le rodeaba todo de sobrenatural y maravilloso, la verdad del caso era que, prescindiendo de la momentánea alucinación que turbó un instante sus sentidos, fingiéndole músicas, rumores y palabras, ni en la forma de las corzas, ni en sus movimientos, ni en los cortos bramidos con que parecían llamarse, había nada con que no debiese estar ya muy familiarizado un cazador práctico en esta clase de expediciones nocturnas.

A medida que desechaba la primera impresión, Garcés comenzó a comprenderlo así, y riéndose interiormente de su incredulidad y su miedo, desde aquel instante sólo se ocupó en averiguar, teniendo en cuenta la dirección que seguían, el punto donde se hallaban las corzas.

Hecho el cálculo, cogió la ballesta entre los dientes, y arrastrándose como una culebra por detrás de los lentiscos, fue a situarse sobre unos cuarenta pasos más lejos del lugar en que se encontraba. Una vez acomodado en su nuevo escondite, esperó el tiempo suficiente para que las corzas estuvieran ya dentro del río, a fin de hacer el tiro más seguro. Apenas empezó a escucharse ese ruido particular que produce el agua cuando se bate a golpes o se agita con violencia, Garcés comenzó a levantarse poquito a poco y con las mayores precauciones, apoyándose en la tierra, primero sobre la punta de los dedos, y después con una de las rodillas.

Ya de pie y cerciorándose a tientas de que el arma estaba preparada, dio un paso hacia delante, alargó el cuello por encima de los arbustos para dominar el remanso, y tendió la ballesta; pero en el mismo punto en que, a par de la ballesta, tendió la vista buscando el objeto que había de herir, se escapó de sus labios un imperceptible e involuntario grito de asombro.

La luna, que había ido remontándose con lentitud por el ancho horizonte, estaba inmóvil y como suspendida en la mitad del cielo. Su dulce claridad inundaba el soto, abrillantaba la intranquila superficie del río y hacía ver los objetos como a través de una gasa azul.

Las corzas habían desaparecido.

En su lugar, lleno de estupor y casi de miedo, vio Garcés un grupo de bellísimas mujeres, de las cuales unas entraban en el agua jugueteando, mientras las otras acababan de despojarse de las ligeras túnicas que aún ocultaban a la codiciosa vista el tesoro de sus formas.

En esos ligeros y cortados sueños de la mañana, ricos en imágenes risueñas y voluptuosas, sueños diáfanos y celestes como la luz que entonces comienza a transparentarse a través de las blancas cortinas del lecho, no ha habido nunca imaginación de veinte años que bosquejase con los colores de la fantasía una escena semejante a la que se ofrecía en aquel punto a los ojos del atónito Garcés.

Despojadas ya de sus túnicas y sus velos de mil colores, que destacaban sobre el fondo suspendidos de los árboles o arrojados con descuido sobre la alfombra del césped, las muchachas discurrían a su placer por el soto, formando grupos pintorescos, y entraban y salían en el agua, haciéndola saltar en chispas luminosas sobre las flores de la margen como una menuda lluvia de rocío.

Aquí una de ellas, blanca como el vellón de un cordero, sacaba su cabeza rubia entre las verdes y flotantes hojas de una planta acuática, de la cual parecía una flor a medio abrir, cuyo flexible talle más bien se adivinaba que se veía temblar debajo de los infinitos círculos de luz de las ondas.

Otra allá, con el cabello suelto sobre los hombros, mecíase suspendida de la rama de un sauce sobre la corriente del río, y sus pequeños pies, color de rosa, hacían una raya de plata al pasar rozando la tersa superficie. En tanto que éstas permanecían recostadas aún al borde del agua con los ojos azules adormecidos, aspirando con voluptuosidad del perfume de las flores y estremeciéndose ligeramente al contacto de la fresca brisa, aquéllas danzaban en vertiginosa ronda, entrelazando caprichosamente sus manos, dejando caer atrás la cabeza con delicioso abandono, e hiriendo el suelo con el pie en alternada cadencia.

Era imposible seguirlas en sus ágiles movimientos, imposible abarcar con una mirada los infinitos detalles del cuadro que formaban, unas corriendo, jugando y persiguiéndose con alegres risas por entre el laberinto de los árboles; otras surcando el agua como un cisne y rompiendo la corriente con el levantado seno; otras sumergiéndose en el fondo, donde permanecían largo rato para volver a la superficie, trayendo una de esas flores extrañas que nacen escondidas en el lecho de las aguas profundas.

La mirada del atónito montero vagaba absorta de un lado a otro, sin saber dónde fijarse, hasta que, sentada bajo un pabellón de verdura que parecía servirle de dosel, y rodeada de un grupo de mujeres todas a cual más bella, que la ayudaban a despojarse de sus ligerísimas vestiduras, creyó ver el objeto de sus ocultas adoraciones: la hija del noble don Dionís, la incomparable Constanza.

Marchando de sorpresa en sorpresa, el enamorado joven no se atrevía ya a dar crédito ni al testimonio de sus sentidos, y creíase bajo la influencia de un sueño fascinador y engañoso.

No obstante, pugnaba en vano por persuadirse de que todo cuanto veía era efecto del desarreglo de su imaginación; porque mientras más la miraba, y más despacio, más se convencía de que aquella mujer era Constanza.

No podía caber duda, suyos eran aquellos ojos oscuros y sombreados de largas pestañas, que apenas bastaban a amortiguar la luz de sus pupilas; suya aquella rubia y abundante cabellera que, después de coronar su frente, se derramaba por su blanco seno y sus redondas espaldas como una cascada de oro; suyos en fin, aquel cuello airoso, que sostenía su lánguida cabeza, ligeramente inclinada como una flor que se rinde al peso de las gotas de rocío, y aquellas voluptuosas formas que él había soñado tal vez, y aquellas manos semejantes a manojos de jazmines, y aquellos pies diminutos, comparables sólo con dos pedazos de nieve que el sol no ha podido derretir y que a la mañana blanquean entre la verdura.

En el momento en que Constanza salió del bosquecillo, sin velo alguno que ocultase a los ojos de su amante los escondidos tesoros de su hermosura, sus compañeras comenzaron nuevamente a cantar estas palabras con una melodía dulcísima:

Coro

«Genios del aire, habitadores del luminoso éter, venid envueltos en un jirón de niebla plateada.

Silfos invisibles, dejad el cáliz de los entreabiertos lirios, y venid en vuestros carros de nácar, a los que vuelan uncidas las mariposas.

Larvas de las fuentes, abandonad el lecho del musgo y caed sobre nosotras en menuda lluvia de perlas.

Escarabajos de esmeralda, luciérnagas de fuego, mariposas negras, ¡venid!

Y venid vosotros todos, espíritus de la noche, venid zumbando como un enjambre de insectos de luz y de oro.

Venid, que ya el astro protector de los misterios brilla en la plenitud de su hermosura.

Venid, que ha llegado el momento de las transformaciones maravillosas.

Venid, que las que os aman os esperan impacientes.»

* * *

Garcés, que permanecía inmóvil, sintió al oír aquellos cantares misteriosos que el áspid de los celos le mordía el corazón, y obedeciendo a un impulso más poderoso que su voluntad, deseando romper de una vez el encanto que fascinaba sus sentidos, separó con mano trémula y convulsa el ramaje que le ocultaba, y de un solo salto se puso en el margen del río. El encanto se rompió, desvanecióse todo como el humo, y al tender en torno suyo la vista, no vio ni oyó más que el bullicioso tropel con que las tímidas corzas, sorprendidas en lo mejor de sus nocturnos juegos, huían espantadas de su presencia, una por aquí, otra por allá, cuál salvando de un salto los matorrales, cuál ganando a todo correr la trocha del monte.

—¡Oh!, bien dije yo que todas estas cosas no eran más que fantasmagorías del diablo —exclamó entonces el montero—; pero por fortuna, esta vez ha andado un poco torpe, dejándome entre las manos la mejor presa.

Y, en efecto, era así: la corza blanca, deseando escapar por el soto, se había lanzado entre el laberinto de sus árboles, y enredándose en una red de madreselvas, pugnaba en vano por desasirse. Garcés le encaró la ballesta; pero en el mismo punto que iba a herirla, la corza se volvió hacia el montero, y con voz clara y aguda detuvo su acción con un grito, diciéndole:

—Garcés, ¿qué haces?

El joven vaciló, y después de un instante de duda, dejó caer al suelo el arma, espantado a la sola idea de haber podido herir a su amante. Una sonora y estridente carcajada, vino a sacarle al fin de su estupor; la corza blanca había aprovechado aquellos cortos instantes para acabarse de desenredar y huir ligera como un relámpago, riéndose de la burla hecha al montero.

—¡Ah, condenado engendro de Satanás! —exclamó Garcés con voz espantosa, recogiendo la ballesta con una rapidez indecible—; pronto has cantado la victoria, pronto te has creído fuera de mi alcance; y esto diciendo, dejó volar la saeta, que partió silbando y fue a perderse en la oscuridad del soto, en el fondo del cual sonó al mismo tiempo un grito, al que siguieron después unos gemidos sofocados.

—¡Dios mío! —exclamó Garcés al percibir aquellos lamentos angustiosos—. ¡Dios mío, si será verdad! —Y fuera de sí, como loco, sin darse cuenta apenas de lo que le pasaba, corrió en la dirección en que había desaparecido la saeta, que era la misma en que sonaban los gemidos. Llegó al fin; pero al llegar, sus cabellos se erizaron de horror, las palabras se anudaron en su garganta, y tuvo que agarrarse al tronco de un árbol para no caer al suelo.

Constanza, herida por su mano, expiraba allí, a su lado, revolcándose en su propia sangre, entre las agudas zarzas del monte.

Índice

Maese Pérez, el organista y *La corza blanca* forman parte del volumen de *Leyendas* de Gustavo Adolfo Bécquer publicado en «El Libro de Bolsillo» de Alianza Editorial con el número 745.

Otras obras del autor en Alianza Editorial:

Rimas y otros poemas (LB 739)
Leyendas (LB 745)

Últimos títulos de la colección: